Route forestière
du Grand Contour

© 2021 Ph. Aubert de Molay/Hispaniola Littératures

Édition : BoD – Books on Demand, 12/14 rond-point des Champs-Élysées, 75008 Paris
Impression : BoD - Books on Demand, Norderstedt, Allemagne

Chargée d'édition HL : Rose Evans

Collection 1 nouvelle

Photographies de couverture :

Carlota Moonchou

(agences NH Niet Hydrocarbure et Totemik CrowFox)

ISBN : 978-2-3222-5086-8
Dépôt légal : Mai 2021

Route forestière du Grand Contour

nouvelle

Philippe Aubert de Molay

HISPANIOLA LITTERATURES

Collection 1 nouvelle

Route forestière
du Grand Contour

Quand quelqu'un meurt, sa ligne de portable est réattribuée par l'opérateur et une autre personne utilise le numéro du mort. Une récente étude de trois universités japonaises (1) révèle que dans 138 cas sur 4 673 639 le défunt semble être toutefois resté en ligne. Et ce n'est pas la voix pré-enregistrée de son répondeur (d'ailleurs effacé et ré-attribué également) dont il pourrait s'agir. Pour ces 138 cas sur 4 673 639 où le défunt semble toujours en ligne, les appels entrants représentent 12,8 % des communications et les appels sortants 87,2 %. Il est donc établi que les défunts appellent peu et décrochent, en revanche, assez fréquemment. Réalisée sur quatre ans, l'étude porte sur un total de 277 millions de communications téléphoniques cumulées au Japon, en Australie, au Royaume-Uni, en France, en Suisse, en Russie, au Togo, en Afrique du sud, en Argentine et aux Philippines. Cette étude a pu mettre en évidence un total estimé de plusieurs millions de potentielles communications avec des personnes décédées (la méthode de vérification QuantaBK900™ produit un taux d'exactitude normalisé calculatif du chiffre étudié à hauteur de 89,6 % en base 4).

Dans un nombre non négligeable de cas répertoriés (6 464 à ce jour), il semble que l'on distingue, derrière la voix lointaine du défunt, des sons ressemblant à des chants d'oiseaux. Ou en tout cas à ce qui pourrait s'y apparenter. Mais, selon l'étude, il est impossible de déterminer à quelles espèces appartiennent les possibles oiseaux. Toutefois des scientifiques et ornithologues comme Cuvelier, Kim Youg-Ha, Nakamura, Soseki , Gemme et Lanaud expertisent qu'il pourrait, avec une forte probabilité, s'agir du chant du cardinal rouge (*Cardinalis cardinalis*) [2]. Certains chercheurs acousticiens (Barbouin-Viboudet, Da Silva, Millot, Boichut, Morandi-Kiop, Zadoinof, François-Laurent, Semionov) estiment que ce ne sont pas des oiseaux mais des enfants qui, à très lointaine distance, récitent des poésies ou psalmodient ce que l'on pourrait qualifier de chansons, voire (pour Da Silva, Di Casali, Do Minho) de prières.

Les messages délivrés par les personnes décédées à l'aide de leur ancien numéro de téléphone sont relatifs à l'amour (78,6 % des cas), à la protection de la personne (6,4 % des cas), à la déculpabilisation (4,4 % des cas), à d'autres thèmes (2,0 %). Dans une proportion non négligeable des cas, la mauvaise qualité de la ligne ne permet pas de thématiser l'appel entrant ou sortant (8,6 % des cas). Les appels entrants avec défunt en ligne se produisent de nuit dans 8 cas sur 10.

Les appels sortants avec défunt en ligne (le nouveau détenteur du numéro croyant appeler l'un de ses contacts mais constatant que c'est l'un de ses proches, décédé, qui décroche) se produisent dans 10 cas sur 10 de nuit.

Depuis qu'il a lu ces choses étranges sur les défunts au téléphone, il espère être appelé un jour. Juste pour savoir si elle est bien arrivée. Saine et sauve si on peut dire. Si la route s'est bien passée. Si elle va bien. Et il écoute le chant envoûtant du cardinal rouge, on trouve toute une collection d'enregistrements sur YouTube. Parfois des chants d'enfants aussi, plutôt des chants sacrés. La *Messe de Requiem* en ré mineur op. 48 de Gabriel Fauré. Le chant du cardinal rouge est un sifflement fluide et perçant, avec de nombreuses variations répertoriées comme des « cheer-cheer-cheer », « mui mui nou nou » et « purty-purty ». Son cri le plus commun est un « chip » bien franc et pointu, sonore dans un rayon de 300 m, servant aussi de cri de contact et d'alarme. Les deux adultes chantent ensemble, la femelle faisant des duos avec le mâle pendant la période de reproduction. Les deux sexes chantent presque toute l'année. D'après l'étude japonaise, le défunt peut parfois ne délivrer aucun message, s'abstenir de parler et rester mutique. C'est juste semble-t-il qu'il soit là. On reconnaît son silence. *C'est lui* déclarent les témoins.

C'est elle
Il aimerait tellement pouvoir dire.

D'autres fois (et selon les travaux controversés de François-Étienne Saint-Lothain, Dorian Camille-Billie et Leprince-Mielle) ce serait (c'est fou) le défunt qui produirait le « chant d'oiseau ».

Pour cesser de penser à elle, je pourrais investir dans un robot de compagnie. Je vais réfléchir. La publicité reçue hier est tentante : *Nouveau compagnon ou nouvelle compagne pour personne seule. Parfait pour lutter contre la solitude, Sabrina™ est un robot ludique et éducatif, domestique et programmé à la conduite automobile, aux tâches ménagères, agricoles* (petits travaux de jardinage, option botanique avancée possible), *sexuelles de base, médicales* (de niveau BK2 à BK8), *aux soins du corps et aux missions élémentaires ou complexes* (selon option) *de shopping. Son apparence* (modèle masculin, féminin, mixte) *s'adapte à la reproduction à l'identique de votre cher disparu* (avec modélisation physique et phonation reconstituée, version VeryLuxe® classe A à F). Un robot, pourquoi pas ?

On peut lui faire aimer des choses à ce robot de compagnie. Le chant du cardinal rouge par exemple. Lorsqu'il entendra cette musique naturelle, il sourira, applaudira et dira *oh merci quelle délicieuse attention tu es un amour*. Disponible en 44 langues. Oh thank you what a delicious attention you are a love (anglais) ó köszönöm, milyen kedves figyelem vagy szerelmes (hongrois) Ω, ευχαριστώ, τι νόστιμη προσοχή είσαι αγάπη O efcharistó, ti nóstimi prosochí eísai agápi (grec).

Bon un robot de compagnie, pourquoi pas ?

Caractéristiques constructeur :
Sabrina™ (modèle féminin de norme 8 – contenu mémoire, tutoriels, 44 langues, look, âge, garde-robe en packs options)/ 46 servo-moteurs, prêt-à-l'emploi plug and play, câblages USB et GreenTouch, mode d'emploi autorépliquant/ haut-parleur intégré BB8/ application mobile 好朋友 Hǎo péngyǒu compatible iOS 12.0+ et Android 8.0+ / logiciel 好朋友 Hǎo péngyǒu 4 compatible PC Mac et Другой Drugoy/ batterie Li-Ion 8900mAh 17.4V x 16, autonomie 6h/ taille : 164 cm/ poids : 28 kg/ assurance classe humaine/ garantie constructeur 7 ou 15 ans (20 ans en contrat PlatineLife™).

ਓ ਤੁਹਾਡਾ ਧੰਨਵਾਦ ਕਿ ਤੁਸੀਂ ਕਿੰਨੇ ਸੁਆਦੀ ਧਿਆਨ ਵਾਲੇ ਹੋ ਪਿਆਰ Ō tuhāḍā dhanavāda ki tusīṁ kinē su'ādī dhi'āna vālē hō pi'āra (pendjabi) : *oh merci quelle délicieuse attention tu es un amour.*

Quand je me regarde longtemps, immobile, dans le miroir de la salle de bain, c'est ma défunte que je finis par voir. Elle vient un petit moment. On reste ensemble jusqu'à ce qu'elle disparaisse, jusqu'à ce que je reprenne la place.

Je vais attendre encore un peu pour le robot féminin. D'abord c'est cher. Peut-être aurai-je enfin un appel téléphonique ? Au cours de la Seconde Guerre mondiale, Ida Lupino (1918-1995), une actrice qui vivait à Los Angeles, reçut un coup de téléphone de son père, qui était mort six mois auparavant. La demeure familiale des Lupino, qui était située à Londres, venait d'être détruite par une bombe et comme personne ne savait où se trouvaient ses titres de propriété, la famille ne pouvait pas toucher l'argent de l'assurance : situation embarrassante. Lors de cet appel, son père lui décrivit avec la plus grande précision l'endroit de la cave où les papiers étaient cachés. La jeune femme prévint alors des gens de confiance sur place et les documents furent retrouvés sous les gravats à l'emplacement indiqué. Mme Eduarda Pendleton, une amie de l'actrice, fut témoin de ce coup de téléphone et elle se porta garante de l'authenticité de l'histoire.

Un samedi matin du mois de janvier 1960, à Vancouver, au Canada, Mme Annie Carver attendait un appel de sa mère quand la sonnerie du téléphone résonna dans son appartement. *J'ai pris le téléphone et j'ai failli m'évanouir en entendant la voix. C'était ma fille, Livia. Je l'ai immédiatement reconnue. Elle m'a dit bonjour maman ! Tu peux m'entendre ? Ne sois pas triste ! Je suis tellement heureuse ! Puis la ligne a été coupée. Je suis restée là, immobile, incapable de me déplacer, sous le choc.* » Livia, la fille de Mme Carver, était morte six mois plus tôt, au cours de l'été 1959, victime d'un crash aérien. Elle était âgée de 16 ans. Sa mère, qui travaillait à mi-temps comme secrétaire, avait traversé des heures sombres mais elle commençait à se sentir un peu mieux. Enfin, jusqu'à ce coup de téléphone. Une heure plus tard, quand son mari, Renato, rentra à la maison, il la retrouva en larmes.

Elle lui raconta immédiatement son incroyable expérience et il en conclut que quelqu'un avait dû lui faire une blague de mauvais goût. Énervé, il contacta la compagnie du téléphone pour connaître le numéro du plaisantin mais il apparut que personne ne les avait appelés de la matinée.

Pour le robot, j'ai envoyé un message pour savoir si l'ensemble des routes, sentiers et détails topographiques de la forêt de Chaux, Jura, pouvaient être pré-enregistrés dans la mémoire de cette machine. Car je marche beaucoup dans les bois et si achat, je désirerais que ce robot de compagnie me fasse découvrir pédestrement de nouveaux endroits du côté de Montbarrey, Santans, Germigney, ceci sans risque de se perdre. Ils ont répondu oui bien sûr naturellement toute cartographie urbaine ou rurale est pré-enregistrable avec la technologie BK505 de série comprenant GPS4 et cartographie numérique (S.I.G/Système d'Information Géographique, géomatique, géocodage, modélisation métagéophonique). Impossible de s'égarer. La forêt de Chaux est une forêt située à l'est de la ville de Dole dans les départements du Jura et du Doubs. Elle constitue l'un des plus vastes massifs de feuillus de France et particulièrement de chênes. Merci je vais réfléchir j'ai répondu, c'est que c'est un achat conséquent, le prix d'une automobile haut de gamme. Pas donné. L'automne dernier, un couple de touristes allemands s'est perdu dans les futaies denses au-delà du village de Santans.

Ces retraités sont morts après dix jours d'errance d'après la presse locale. Qui avait évoqué le cas du jeune Chris McCandless disparu tragiquement au début des années 1990 en Alaska. Le Jura n'est pas l'Alaska naturellement mais explorer la forêt de Chaux avec un robot de compagnie serait rassurant.

Nous pourrions nous écarter de la traditionnelle route forestière du Grand Contour pour porter nos pas en zone inconnue. Ailleurs. S'éloigner.

C'est plus fort que moi, je continue de compiler ces témoignages d'appels téléphoniques de défunts. On en trouve plein sur internet. Donc il y a cette affaire fameuse de l'Antonov An-12, un avion soviétique de transport militaire qui aurait atterri trente-neuf ans après son décollage. Parti de Moscou le 6 février 1962, l'appareil aurait touché en procédure d'urgence la piste de l'aéroport d'Astrakhan-Narimanovo le 6 février 2001. Astrakhan (Астрахань) est située sur la Volga, près de son embouchure dans la mer Caspienne, à 1276 km au sud-est de Moscou. L'aéroport est situé à environ 11 km au sud-ouest du centre-ville et de nombreux témoins ont photographié ou filmé l'approche pour atterrissage de cet appareil démodé et théoriquement hors service (en tout cas pour la fédération de Russie car cet avion vole encore au Soudan, en Somalie et parfois en Ukraine, au Malawi, au Kamenstein et en Sosonie orientale).

L'appareil s'est posé sans problème mais les autorités locales ont pu constater qu'il était vide. Aucun membre d'équipage ni passager. Cet Antonov An-12 est aujourd'hui entreposé dans un aéroport militaire russe et il est impossible de le voir, encore moins de l'examiner avec des technologies de pointe. Personne lors de l'atterrissage. J'aurais bien sûr aimé monter à bord. J'ai téléphoné à plusieurs reprises à l'aéroport d'Astrakhan-Narimanovo (j'ai pris des cours de russe dans ce but je n'ai pas grand-chose d'autre à faire après vingt années de retraite) mais ils ne savent pas où est à présent l'appareil. Quelque part caché par les services secrets russes. Qui étudient à coup sûr cette sorte de machine à explorer le temps. Vous pouvez essayer d'appeler au +7 (8512) 39-33-30 ou 39-32-17 c'est le numéro de l'aéroport d'Astrakhan-Narimanovo. Lors de l'atterrissage du 6 février 2001, la fille (âgée de 54 ans) de l'un des pilotes a reçu à son domicile moscovite un appel téléphonique de son père, lui disant qu'il était enfin arrivé à destination après un vol éprouvant, que tout allait bien désormais et qu'il l'embrassait bien fort. Elle n'avait pas eu de nouvelles de son père depuis son enfance, lorsqu'il avait été porté disparu par les autorités aériennes.

Pas plus tard qu'hier, j'ai recueilli le témoignage d'une certaine Sonia, habitante de Mouchard dans le Jura. Elle déclare : en avril dernier, je me suis rendue à Dole à la librairie Passerelle.

Pour chercher ma commande d'un livre sur la *canalisation*. Si vous ne savez pas ce que c'est regardez sur Wikipédia (ce que j'ai fait). L'autrice, une médium, reçoit et rapporte les messages de l'au-delà qui s'expriment à travers elle, ceci par voie téléphonique. Elle " canalise " l'au-delà vers l'en-deçà. Lorsque mon tour est venu, raconte Sonia, le portable de la médium a soudainement sonné et elle m'a communiqué un message d'amour enflammé et signé *ton mari Franck*. Elle m'a recommandé d'attendre d'être rentrée pour en tirer des conclusions, explique mon interlocutrice. Puis elle ajoute : sachez que la médium et moi ne nous connaissions pas. À travers son téléphone c'était mon mari, décédé il y a deux ans, qui me contactait. Les détails personnels du message ne laissaient aucun doute. C'était d'autant plus troublant que nous étions le jour anniversaire de notre rencontre. Ces " retrouvailles " ne m'ont pas réjouie. Je cherchais à tourner la page, je rencontrais des hommes et savoir mon défunt mari encore si proche de moi, alors que j'envisageais de me reconstruire, ne me convenait pas, c'était même désagréable. J'avais ressenti des difficultés à me lancer dans une nouvelle relation, comme si mon mari m'en empêchait, comme s'il gouvernait fermement mon existence de la même façon que de son vivant. Du coup, j'avais fini par rompre avec l'homme que je voyais. Mais c'était avec mon mari que je voulais rompre. Catherine (c'est ma meilleure amie) a dit : même mort il va te faire chier ? Quel enculé !

Alors quinze jours plus tard en rendez-vous d'urgence chez la médium et en utilisant son foutu téléphone magique j'ai expliqué à Franck que ça commençait à sérieusement bien faire, je l'ai remercié pour son touchant message d'amour mais en lui demandant énergiquement de me laisser refaire ma vie. J'avais envie qu'il me libère. Il y avait comme de lointains chants d'oiseaux à l'autre bout du fil. La médium a dit ce sont des âmes, elles chantent comme des cardinaux rouges, vous savez c'est un passereau présent au sud du Canada, dans l'est des États-Unis (du Maine au Texas), au Mexique, au nord du Guatemala et du Belize je ne savais même pas que ça existait le Belize inconnu au bataillon jamais entendu parler il faudra que je regarde dans un atlas à la médiathèque où c'est ce mystérieux Belize quand j'aurai un moment. On dirait que cet oiseau, le cardinal rouge, a quelque chose à voir avec la mort c'est stupéfiant. Vous pouvez croire une telle chose ? En tout cas Franck m'a entendu semble-t-il, je n'ai plus entendu parler de lui depuis des années et je m'éclate en rencontrant qui je veux quand je veux où je veux. J'espère que mon mari est bien là où il est. L'essentiel c'est que ce ne soit pas là où je suis moi.

Parfois lors des longues marches en forêt, dans ce silence propice à la rêverie et donc à l'approfondissement des questions me tourmentant, je me surprends à penser : peut-être est-ce moi qui ne suis plus ?

Comment être assuré de sa propre existence ?

Se pourrait-il que je sois en train de mener une vie fictive (je veux dire truquée par l'univers comme dans Matrix) à ceci près que tout ce qui s'y produit soit réel ? Peut-être suis-je déjà mort ? Mais je reprends vite mes esprits et je me persuade que non, je ne suis pas un défunt errant dans une vastitude de chênes, de hêtres et de charmes. J'existe hélas.

Dans le foudroiement de l'âge venu. J'ai fêté – si l'on peut *fêter* une telle abomination – mes 88 ans voici trois semaines. Un tel anniversaire produit ce brutal et limpide éclaircissement des choses : il ne reste plus beaucoup de temps. Les Celtes considéraient les chênes de la forêt de Chaux comme les piliers d'un temple où invoquer leur déesse mère. Les chrétiens ont assimilé cette croyance en incorporant dans ces arbres des statuettes de la Vierge. Six chênes sacrés sont encore visibles dont le plus vieux a 500 ans (il est situé près du village de Falletans, j'y vais parfois). Renouant avec cette tradition, les gens de Chaux installèrent une vierge en 1993, dans un chêne sur la route forestière 44. Lorsque je passe auprès de la Vierge, je lui demande : pourrais-tu dire à ma femme de m'appeler un de ces soirs ? Elle doit bien encore connaître notre numéro de téléphone sauf si les morts subissent pour Dieu sait quelle raison un lavage de cerveau en arrivant de l'autre côté. J'ai besoin de savoir qu'elle va bien. D'être rassuré.

Je suis vieux c'est un peu urgent. Carrément, même. Merci. Oui merci de ne pas trop traîner.

Un jeune homme de 29 ans ayant refusé de transmettre le code de sécurité de son smartphone à la police est décédé à son arrivée à l'hôpital de Dijon. Le 13 février dernier, placé en garde à vue dans le cadre d'une affaire en cours, l'individu a refusé catégoriquement et à plusieurs reprises de donner aux enquêteurs l'accès à son smartphone bloqué par un code. Malheureusement pour lui, ce refus qui s'inscrit dans le cadre d'une enquête criminelle a constitué un délit selon le code pénal. D'après l'équipe médicale des urgences ayant pris en charge le blessé (du fait de ses importantes contusions à la tête, dont l'enquête déterminera qu'elles n'ont pas été perpétrées par la police) le jeune homme s'est pourtant défendu d'avoir voulu faire obstacle à l'avancée de l'enquête en faisant jouer l'argument de la vie privée. *Dans mon téléphone, j'avais des vidéos intimes de ma compagne*, a-t-il expliqué avant de mourir. *Et je ne voulais pas que les enquêteurs les partagent sur leurs réseaux sociaux ainsi qu'ils le font quasi systématiquement.* Les enquêteurs, eux, assurent que le prévenu n'a pas voulu que soient révélés des messages ou des appels destinés à la potentielle préparation du délit pour lequel il avait été arrêté. Deux heures après sa mort, le jeune homme a téléphoné à sa compagne pour lui dire que les vidéos étaient effacées, qu'elle n'avait rien à craindre, que tout était en ordre, que rien ne fuiterait sur les réseaux sociaux et qu'il avait fait le bon choix en la protégeant de la méchanceté humaine. Ensuite il s'est exprimé dans une langue étrangère. La jeune femme a déclaré qu'à sa connaissance son compagnon ne connaissait aucune autre langue que le français. Enregistré, le message a pu être décrypté par le département de linguistique de l'Université de Dijon. Le défunt s'exprimait en *sudovien*, une langue parlé en Prusse-Orientale et disparue autour de l'an 1400. En quoi ? En... « sudovien » ? Je suis certaine que mon compagnon ignorait totalement de quoi il s'agit, elle a dit en pleurant. (Le sudovien se parlait en Galindie et en Sudovie, des régions de Prusse-Orientale proches de la frontière de la Pologne et de la Biélorussie). L'université lui a communiqué la traduction. Elle était stupéfaite de la teneur du message. Elle a refusé que ce dernier soit rendu publique, estimant son contenu privé même s'il délivrait des informations extrêmement troublantes sur les " instants " (le mot est impropre) succédant immédiatement à la fin de vie. La Galindie et la Sudovie font partie des douze provinces originales de la Prusse. Les Sudoviens ont habité les vastes forêts aujourd'hui totalement rasées au sud-ouest de la rivière Niémen. (Ptolémée fait mention de ce peuple dans ses ouvrages). Au Xe siècle, l'armée de Vladimir Ier, prince de Kiev, forcera un bon nombre de Sudoviens à se joindre à la Rus' de Kiev. Les deux provinces seront envahies et conquises partiellement par les Slaves, avec des combats terribles autour des villes de Białystok et de

Suwałki au nord-est de la Pologne et près de Grodno en Biélorussie. Durant les siècles qui suivent, les villes libres réussiront à survivre entourées de Russes, de Polonais et de Danois perdant tôt ou tard leurs terres au profit du grand-duché de Lituanie ou de l'Ordre teutonique (*Domus hospitalis Sancte Marie Theutonicorum Hierosolomitani*). La langue sudovienne subira de plus en plus l'influence du danois médiéval. On discerne aujourd'hui des vestiges des éléments de cette langue dans les territoires biélorusses et ukrainiens en raison des colonies de réfugiés, des esclaves et des troupes itinérantes artistiques de tsiganes qui s'y installèrent durablement. Longtemps qu'on avait pas parlé de la langue sudovienne. Et ce jeune homme mort.

Un jour, j'ai dit ça suffit j'arrête. Les défunts et les robots. C'est du déni. Stop. Pour briser la solitude, je me suis mis à correspondre avec des femmes sur internet. Il fallait que j'aille de l'avant. Que je sorte du déni. C'était du pur déni. Alors direction internet.

Etrange
Recherche
Pour
Trouver
Une femme
Intéressante
                      à qui
                                        parler
(ça fait bizarre)

Diane Valentina : c'est toi là ? Tu es en ligne ?
Moi : Oui oui je suis là. Comment vas-tu ?
Diane Valentina : … tu sais tu me manques mais je ne sais pas si je peux te faire confiance et t'aimer parce que je suis trop connue de déception Amoureuse que je ne peux plu des confiance a 100 % a un homme mais avec toi je pense que tu es vraiment intéresser je vais essaye de fait une relation avec pour voie se que sa vas donnez… bisou a bientôt. PS : ci-joint les nouvelles photos de moi en sans les habits.
Moi : merci mais ce n'était pas la peine, tu es très bien habillée tu sais
Diane Valentina : tu me manque tu sais je ne faites que pense a toi durant tous se temps depuis Moscou Oui Oui tu es l'homme qu'il me faux tu sais comment réconfortez une personne qui es en détresse pas bien
Moi : merci Diana Valentina

Diane Valentina : mon Amour je t'aime et je ne veux pas que notre amour s'arrête là Ok je veux avoir une longue relation avec toi tu comprend le ce que je le dis dans l'internet du résau ?
Diane Valentina : Oui Oui chéri je t'aime et je remercie Dieu de t'avoir connue et que tu soit a mois seul mon amour d'aimer
Diane Valentina : tu es là bb ?
Diane Valentina : je voulai que tu me recharge l'argent chéri
Moi : l'argent ?

Diane Valentina : chérie je voulais que tu me recharge avec 100 ou 150 euro pour mes appelle urgent si possible je ne t'oblige pas c'est je paie l'internet qu'on parle tous les deux c'est cher le prix pour nous les A-MOUR-EUX ☺ ☺ ☺

Moi : euh…

Diane Valentina : écoute chérie je ne te demande pas de l'argent mais c'est pour nous deux les amoureux ok ? черт побери пишет по-французски la merde chert poberi pishet po-frantsuzski

Moi : ???

Diane Valentina : ouf bb ça remarche pour quand je t'écrive c'est ok ça soudain merdait que le logiciel de traducteur du le russe pour français mais c'est ok je compte vraiment sur toi pour la recharge avec ta carte bancaire je la veux <u>aujourd'hui</u> stp chérie aide moi stp merciiiii ☺

Moi : ma carte bancaire ? Comment ça ma carte bancaire ? C'est quoi ce plan ?

Diane Valentina : stp chéri chéri chérie je te le répète encore n'oublie pas la recharge stp chérie je la veux aujourd'hui mon Amour stp laisse les numéro de la carte sur mon Facebook je viendrais les cherche après bisou chéri bb

Diane Valentina : Oui Oui chérie mais je ne pense plu pouvoir venir me connecte encore si pas payé car il va bientot fait nuit et c'est dangereux chérie LoL non rien danger c'est que j'ai besoin l'argent pour le payer l'internet tu sais dit moi tu vas me fait venir une recharge de combien chérie ???

Moi : Je sais pas moi, de combien tu as besoin ?
Diane Valentina : tous vas depende de toi toi dit moi une somme alors chérie combien ?
Moi : 25 €
Diane Valentina : non non pas correct 150 ou 200, 300 bravo tu es un homme mais 200 c'est bon chérie ok pour 250 disons ok
Moi : au-delà de 25-30 c'est chaud tu sais j'ai juste une petite retraite et avec le néolibéralisme c'est merdique
Diane Valentina : Oui mais je doit aussi garde un peux l'argent ont ne sais jamais je peux encore avoir une urgence je ne vais toujours pas t'embèté pour une recharge a chaque fois chérie alors 300 ou 400 c'est comme il faut très bien mon l'amour je t'aime si tu savais comme je t'aimer !

J'ai quand même toujours eu un doute sur le fait que l'amour pouvait transcender le merdier existentiel.

Cependant, les gens croient que parce que vieux, nous n'avons plus besoin d'amour. Mais il ne s'éteindra pas, le manque. J'ai regardé la définition dans le dictionnaire, *manque* : *fait de manquer, absence de quelque chose, de quelqu'un qui serait nécessaire, utile ou souhaitable.* Nécessaire, utile ou souhaitable.

Apprendre à faire avec, c'est-à-dire sans.

Je regarde une vidéo de la médium sur YouTube.

Finalement je re-regarde cette médium. Elle explique qu'un garçon de 14 ans prénommé Néon et mort au combat pendant l'une des guerres défensives contre la France lui a téléphoné. Il voulait savoir pourquoi plus personne ne se prénomme Néon ? On a oublié que les trois guerres de conquête, au XVIIe siècle, du royaume de France vers la Comté, furent terribles a déclaré ce jeune garçon. La troisième fut la bonne mais les Comtois vendirent chèrement leur terre, et même lorsque tout fut perdu, ils n'obéirent à leurs nouveaux maîtres que de mauvaise grâce. Ils préféraient les Espagnols et les Bourguignons. *Comtois tête de bois* est l'une de nos devises. Et morts, ils protestaient encore en se faisant " ensevelir le visage tourné contre terre pour ne pas voir le soleil français ". Néon est décédé lors d'un corps à corps avec des Suédois mercenaires de l'armée de Bernard, duc de Saxe-Weimar, allié de la France. La médium rapporte que Néon, bien que jeune, était amoureux d'une jeune fille de Moirans. Une domestique. En 1637, le comte de Bussolin s'empara du château de Dortans et du village de Martigna ; les comtes français de Longueville et de Guébriant prirent Saint-Amour, Moirans et des forteresses environnantes et tuèrent beaucoup. Les rues et les prairies, tout était rouge. Pontarlier, Tlou, Molay, Choisey, Rahon, Saint-Lupicin, Ravilloles, Nozeroy et soixante autres lieux furent pris. Les villages saccagés. Plein de tués partout.

Le plateau du Jura, après sa petite plaine, fut envahi par ces bandes forcenées qui avec application jetèrent la désolation et le deuil. Un texte d'époque : *Partout les envahisseurs pillent, ruinent, brûlent, égorgent ; dès qu'ils paraissent à l'horizon, on pousse le cri d'alarme, les villageois s'enfuient éperdus, abandonnant leurs demeures à la rapacité de l'ennemi, nos seigneurs hispanisants d'ici luttant pas à pas, saignant tout ce qu'ils peuvent d'ennemis.* Néon a téléphoné pour demander un service à la médium : devenu mort, il a énigmatiquement oublié le prénom de sa bien-aimée. Sans doute décédée lors du sac de Moirans, il voudrait la retrouver. Mais comment faire sans pouvoir l'appeler au travers des brumes de la mort ? et d'abord nous souviendrons-nous de ceux qui firent battre nos cœurs et enchantèrent nos corps ? et eux, nous ayant d'ailleurs parfois oublié de leur vivant, se souviendront-ils de nous en ces contrées singulières ? Comment savoir ?

Si nous devions nous rencontrer sur le banc d'un square bruyant ou à la terrasse d'un café comme si c'était la première fois, se pourrait-il que l'on se plaise miraculeusement à nouveau ?

Dans le film de la vie, j'ai décroché un tout petit rôle. Il serait bien surprenant que je fasse mieux dans l'au-delà. Comme d'ordinaire, je serai dans la moyenne, une petite âme sans éclat. Mais, au moins, j'espère être débarrassé là-bas de cette torture :

qu'ai-je fait ici-bas ? qu'aurais-je pu ne pas faire ? qu'aurais-je dû faire ? qui ai-je été si ce n'est une montagne de déception pour mes proches ? la mort ne répondra pas à mes questions. Elle fera mieux, elle m'en débarrassera.

Plus qu'à attendre si on veut.
a…t…t…e…n…d…r…e

Le projet Digital Shaman propose de programmer un robot pour imiter la personnalité et les paroles d'un proche décédé. *Quand la technologie s'immisce dans le deuil*, c'est le titre de l'article que j'ai lu sur le site de RTL d'après un article du Point ou le contraire je ne sais plus. Au Japon, une femme a créé un projet, appelé Digital Shaman qui permet de remplacer la tête d'un robot par le visage d'un proche décédé, matérialisé par une imprimante 3D. La créatrice, Etsuko Ichihara, a expliqué à la chaîne japonaise Nippon4 TV qu'elle avait eu l'idée de ce concept après le décès de sa grand-mère centenaire. Son enterrement a eu lieu selon les traditions japonaises (les os ont été ramassés dans les cendres) et elle a vécu cet événement comme une épreuve traumatisante. C'est pourquoi elle souhaite se servir de la technologie pour permettre aux Japonais de vivre leur deuil différemment. Pour bénéficier du service de Digital Shaman, la personne décédée devra avoir fait une interview avec Etsuko Ichihara de son vivant, pour que son visage puisse être reproduit à l'identique en 3D, que son attitude corporelle puisse être analysée et que des messages vocaux soient enregistrés. Une fois la personne décédée, les proches pourront décider d'utiliser le robot pendant 49 jours, la durée du deuil au Japon, le robot pourra alors imiter la personnalité, la gestuelle du disparu et pourra même parler pour dénouer des situations et apaiser les vivants en délivrant des messages d'espoir pré-enregistrés.

La marche est devenue une traversée, cette après-midi en forêt. Cesser de penser à l'absente ? Apprendre à me contenter de la splendeur d'une petite pluie faisant briller les fougères ? Arpenter la route forestière du Grand Contour c'est tout. N'attendre rien. Juste être là, amoureux sans avoir rencontré personne. Comme certains sont malades sans maladie, amoureux sans amoureuse.

Cette habitude si humaine de ne pas voir venir ce qui vient. La disparition d'un proche nous place en position d'éclaireur, on discerne ce qui ne tardera pas à nous arriver. On continue de respirer même si survivre est tuant. Message pour le jeune Néon qui m'entend j'en suis sûr : bon courage, fils. Tu la retrouveras ta jolie défunte. Même si elle n'a plus de nom, elle existe toujours, t'inquiète. Elle n'est pas loin. Elle est toujours amoureuse de toi.

Ma femme. Son départ a fait de moi une soustraction.

Le jour n'en a plus pour longtemps. L'obscurité gagne de vitesse. En lisière de forêt, la brume gomme les antiques poteaux téléphoniques.

Tout devient disparition.

L'énormité des périls à venir me stupéfie (il va bien falloir que je meure, que je m'attelle à ce dernier travail) mais nous nous additionnerons de nouveau, elle et ce qu'il restera de moi. Cette nuit, mon téléphone sonnera peut-être enfin dans le noir ? Pourquoi pas ? Je m'y prépare en tout cas. Tout peut arriver. La mort n'a pas de limites.

(*Route forestière du Grand Contour*, 2020. Nouvelle publiée in *Sapin président*, Hispaniola Littératures/BoD, 2021).

(1) L'Université publique du Futur de Hakodate (公立はこだて未来大学, Kōritsu Hakodate Mirai Daigaku / L'Université préfectorale des sciences de la santé de Yamagata (山形県立保健医療大学, Yamagata kenritsu hoken kenritsu iryou daigaku / L'université Rikkyō (立教大学, Rikkyō daigaku?) également connue sous le nom d'université de Saint-Paul.

(2) Le Cardinal rouge (*Cardinalis cardinalis*) est une espèce de passereaux. Les noms vernaculaire et scientifique du Cardinal rouge réfèrent tous deux aux vêtements rouges des cardinaux catholiques. Le Cardinal rouge était autrefois prisé comme animal de compagnie en raison de ses couleurs vives et de son chant caractéristique. Aux États-Unis et au Canada, la Loi BK702R-US sur la convention concernant les oiseaux migrateurs interdit maintenant sa vente comme oiseau de compagnie. Il est illégal de capturer, de tuer ou de garder en captivité un cardinal rouge, les infractions étant punies par une amende allant jusqu'à 1000 dollars US et une peine de prison allant jusqu'à un mois.

Avec le soutien de Rose Evans, Olivier Millet (*Hispaniola Littératures*) / Ludmilla de Monfreid et Zoé Agbodrafo (*Totemik CrowFox*) / **Merci** à Marie Doré, Julia Woolf et Sébastien Breton (*Lapin à Métaux*) ; Astrid Laramie, Olivier Bastille de Gouges et Paul Astapovo (*Fondation Carlota Moonchou*); Bob Collodi et Maria Quiroga *(Académie royale des littératures Orélides)* / **Route forestière du Grand Contour** / Éditrice : Rose Evans / Photographies de couverture : Carlota Moonchou, agences Niet Hydrocarbure et Totemik CrowFox. / Mise en pages : Anastasia Tourgueniev / Dépôt légal mai 2021 / ISBN 978-2-3222-5086-8 / Imprimé en Allemagne / www bod.fr / www. aubert2molay.vpweb.fr / © Ph.A2M, 2021 © Hispaniola Littératures, 2021 /

www. aubert2molay.vpweb.fr

du même auteur chez Hispaniola Littératures,
disponible en librairie et sur le site BoD

Collection L'Inimaginée
(Littérature de l'imaginaire)
- PETIT TRAITE DE SORCELLERIE ET D'ECOLOGIE RADICALE DE COMBAT
- DOULEUR FANTÔME

Collection L'imaginable
(Littérature blanche)
- SAPIN PRESIDENT

Collection 1 nouvelle
- TOUTE PETITE FILLE DES DRAGONS
- SUPERETTE
- LA HAUTEUR
- LA MORT DE GREG NEWMAN
- DIX ANS AVANT LA NUIT
- SELON LA LEGENDE
- S'ENFERMER DANS UNE CABANE ET ECRIRE
- EN MARCHE
- LECON DE TENEBRES
- L'HIVER 1877 DE MISS EMILY DICKINSON
- LA ROUSSEUR DU RENARD
- TECHNIQUES DE VOL HUMAIN EN CIEL NOCTURNE
- LA FEE DES GRENIERS
- ROUTE DU GRAND CONTOUR
- LE DOCUMENT BK 31
- FANTÔMES D'ASTREINTE
- BRODERIES ET TRAVAUX D'AIGUILLES
- LA REPUBLIQUE ABSOLUE
- LA BONNE LONGUEUR DE MECHE
- KANSAS ET ARKANSAS

Collection 1 nouvelle